LE CONFITEOR DV PIEDMONTOIS,

ADRESSE A VN PRELAT DE FRANCE.

LE
CONFITEOR
DV PIEDMONTOIS.

Confiteor Regi magni potenti.

C'EST à ce coup que ie confeſſe
Les maux & les grandes deſreſſes,
Leſquelles i'endure maintenant,
Ie les declare au Roy de France,
Qu'il aye pitié de la ſouffrance,
Qu'endure mon peuple languiſſant.
    Matri Mariæ ſemper Reginæ.
  Ie veux faire entendre à la Reine
Que ie luy confeſſe la peine
Que l'on endure à mon pays,
Ayant voulu prendre les armes
Et voulu liurer milles allarmes
Aux Soldats du grand Roy ſon fils.
    Chariſſimo Fratri.
  Ie confeſſe auſſi la miſere
Que me faict ſouffrir ceſte guerre,

A ce braue Prince Gaſton,
Le Frere de ce grand Roy fidelle,
Ie luy dis mon mal d vn grand zele,
Qu'il demande pour moy pardon.

Potentiſſimo Principi Condæo.

Ie confeſſe auſſi à ce Prince
Le mal que i'ay dans ma prouince,
Qui eſt couſin au grand Louys,
Qu'il ſçache que pour ma folie
Ie ſuis en grande ignominie,
Et delaiſſé de mes amis.

Aliis amicis.

Et aux autres amis fidelles,
Ie les prie n'eſtre pas rebelles,
Confeſſant mon iniquité,
Ayant entrepris trop iniuſte
La guerre contre Louys le Iuſte,
A laquelle i'ay eſté trompé.

Henrico, & Ioanni.

Ie confeſſe à ces Capitaines
Dont l'vn d'iceux des Soldats meine,
Qui eſt ce grand Montmorency,
A Thoiras, ie leur dis la peine
Et la grand douleur qui me geſne,
Pour auoir offencé Louys.

Et omnibus Principibus eius.

Bref ie confesse à tous les Princes
Gouuerneurs des villes & prouinces,
De ce grand Royaume François,
La douleur & rigueur extresme
Qu'a enuoyé le Dieu supresme,
Au pauure pays Piedmontois.

    Et tibi Præsul.

Et à vous Prelat venerable
Ie me confesse inexorable,
Et trop plein de temerité,
Vous ayant d'vn meschant courage
Voulu empescher le passage,
Allant où estiez demandé.

    Quia peccator peccaui nimis.

Ie le dis en grand repentance
I'ay peché offençant la France,
Et commis infidelité
Ayant prié le Roy d'Espagne
De mettre ses gens en campagne,
Où son Marquis est demeuré

    Cogitatione verbo, & opere.

Non pas seulement en pensée,
Pour moy cruelle destinée,
D'auoir ainsi fait le mauuais,
I'ay aussi peché en paroles
En œuure, & actions tres-foles

A iij

Ayant commis si meschants faits.

Mea culpa.

Helas grand Roy i'en dis ma coulpe.
Disant ces mots ma voix se coupe
Et ne sçaurois pres que parler,
Ayant fait si grande folie
Et outrageuse vilennie
Ne voulant mon serment garder.

Mea culpa.

Encore vn coup i'en dis ma coulpe
Helas ! icy ie m'entrecoupe
Si vous n'auez pitié de moy,
Ayez pitié de ma misere,
En faisant cesser ceste guerre
Qui est au pays Piedmontois.

Mea grauissima culpa.

I'en dis ma coulpe tres-griefue,
C'est vn mal qui par trop me greue
Me voyant affligé ainsi,
Dite moy ô Roy plein de gloire
Aurez vous pas grande victoire
Pardonnant à vos ennemis.

Ideo precor matrem Reginam.

Helas ! ie vous prie grand' Reyne
Considerez vn peu ma peine
Et priez le Roy vostre fils,

Qu'il aye pitié de voſtre gendre
Qui ſon grand mal a fait entendre
A la plus part de ſes amis.

     Chariſſimum Fratrem.
Ie vous prie ô fleur de nobleſſe
Miroir de valeur, & prouëſſe,
Honorable Prince Gaſton,
De vouloir prier voſtre Frere
Qu'il aye pitié de la miſere
Du pauure peuple de Piedmont.

     Potentiſſimum Principem Condæū.
Las ! ie ſupplie ce braue Prince
De dire les maux de ma Prouince
A ſon couſin le Roy Louys,
Luy remettant en ſa memoire
Qu'il gaignera grande victoire
Pardonnant à ſes ennemis.

     Alios amicos.
Auec tres grande repentance
Ie prie les fauoris de France
Qu'il leur plaiſe de dire au Roy,
Qu'il face ceſſer ceſte guerre
Et aye pitié de la miſere
Du pauure peuple Piedmontois.

     Henricum & Ioannem.
Et ie prie ces deux Capitaines

Me vouloir pardonner la peine
Qu'ils ont eu de venir icy,
Et que le grand Thoyras excuse
Toutes les fauſſetez & ruze
Que i'ay fait à Montmorency.

   Omnèſque Principes.

Et ie prie les Princes de France
Remonſtrer la grande ſouffrance
Qui eſt au pays de Piedmont,
Et que le Roy plein de clemence
Aye eſgard à ma repentance.
Luy plaiſant me faire vn pardon.

   Et te Præſul.

Et vous ô Prelat admirable
Ie vous prie m'eſtre ſecourable,
Ne prenant pas garde à mes faits,
Faites en ſorte que vos prieres
Puiſſent amortir ceſte guerre,
Et que i'en voye les effets.

   Orare pro me.

Bref, ie ſupplie vn chacun
De prier pour moy en commun,
Pauure Prince mal fortuné
Qui a prié le Roy d'Eſpagne
De mettre ſes gens en campagne
Où ſon Marquis eſt demeuré.

   Ad Regem

Ad Regem Ludouicum.

Priez voſtre Roy debonnaire,
Qu'il face ceſſer ceſte guerre
Honorables Princes François
Qu'il aye compaſſion d'vn Prince
Qui a perdu vne Prouince,
Et perd ſon pays Piedmontois.

Vt Miſereatur mei.

Me voila proſterné en terre,
Vous priant que de ma miſere
Soyez miſericordieux,
En ce faiſant ie vous proteſte
Que toute la Cour celeſte
Priera pour vous le Roy des Cieux.

Amen.

Hé bon Dieu faites moy la grace
Que ce grand Roy pardon me face,
De mon forfait trop odieux,
Car i'ay peché, ie le confeſſe,
Et c'eſt auec grande detreſſe
Dauoit fait le ſeditieux.

Miſereatur mei.

Ie le dis, ie le reïtere
Ayez pitié de ma miſere,
Car le courage me deffaut,
Voyant que des Soldat les courſes

Ont du tout espuizé ma bourse,
Et renuersé le cul en haut.

Omnipotens Rex.

Helas! vous auez la puissance
O admirable Roy de France,
qui vous accompagne en tous lieux
Car vous auez dans les montaignes
Ainsi comme en platte campagne.
Tousiours esté victorieux.

Et dimissis omnibus peccatis meis.

Ayant remis tous mes offence
Par vostre signalée prudence
O Noble,& genereux Louys
Vous gaignerez vne victoire
Laquelle sera de grande memoire,
Pardonnant à vos ennemis.

Perducas me ad Requiem æternã.

Estant muni de vostre grace,
Ie me mettray dedans la trace
D'vn tres infaillible repos
Dautant que ie voy que la guerre
M'a causé vne grand misere,
Et m'a rongé tout iusques aux os.

Amen.

Ie prie toute la trouppe des Anges,
que ma volonté plus ne change

Ie promets de vous obeyr
Vous iurant toute obeissance,
Ie vous prie que de mon offence
Ne veillez plus vous souuenir.

In Manus tuas.

C'est à voftre bonté, & clemence
O Noble & vaillant Roy de France,
Que ie recommande mes faits
Vous suppliant qu'en voftre garde
Protection & sauuegarde
Ie fois toufrours, & a iamais.

Commendo Spiritum meum.

O puiffant Roy plein de Nobleffe
Mettez mon efprit en lieffe,
Auec mon pauure peuple auffi,
Lequel à vous fe recommande
Auec affection tres grande,
Veillez auoir de moy mercy.

Vt redimes me.

Las retirez moy de la peine
Où ie voy que la guerre me meine
Si vous n'auez pitié de moy,
Et rachetez o Roy fupréme,
De cefte feruitude extréme
Le pauure peuple Piedmontois.

Rex veritatis.

Helas soyez moy secourable
O Noble Roy tres admirable
Et amateur de verité,
Las, oubliez mon insolence
Et ne mettez dans la ballance
Le deub de ma temerité.

Dominus pars.

Las grand Roy soyez mon azile
Car à vous d'vn amour seruille
Ie me rend en humilité,
Ie veux auec toute franchise
quitter mes folles entreprises,
Et vers vous estre en seureté.

Hereditatis meæ.

Ie depose mes heritages
O Noble Roy plein de courage
Dans vos nobles & royalles mains,
Vous promettant chose asseurée
que iamais mauuaise pensée
N'auray ny ne seray mutin.

Et Calicis mei.

Helas i'ay bien beu le Calice
De mon abominable vice,
Ayant ainsi fait l'insolent,
Mais entre vos bras ie me iette
O noble Roy du tout celeste

Et le cheri du tout Puissant.

. Tu es qui restitues.

Chose asseurée ie le puis dire
Et personne n'y peut contredire
Vous estes le vray mediateur
Des querelles, & des controuerses
Et auez remis en liesse
Dedans leur biens des grands Seigneurs.

Hereditatem meam mihi.

O puissant Roy foudre de guerre
Prenez garde à ma misere
Et me conseruez desormais
Ie sçay que vostre grand courage,
Ne souffrira aucun dommage
Me pardonnant mon meschant faict.

Ie suis maintenant en tourmente
En personne ie n'ay attente
Si ce n'est à vous o grand Roy,
C'est vne affection entiere
Que ie vous declare ma misere
Affin qu'ayez pitié de moy.

Pour auoir tourné ma cazaque
Ie voy vn chacun qui m'attaque,
Et pour auoir faict l'insolent,
Ie pourray bien souffrir la perte,
Du peu de pays qui me reste,

Demeurant pauure & indigent.
   Las ! il est vray ie le confesse
Il est pour moy grande detresse,
Bien tard de confesser mon faict,
Mais ô grand Roy plein de courage
Vous sçauez qu'en commun langage
Qu'il vaut bien mieux tard que iamais.
   Hé qu'on dit bien vray ô grand Prince
Que bien souuent quelque Prouince,
Se pert à cause de son Seigneur,
Ie l'ay apperceu à la mienne
qui maintenant souffre grand peine
Ayant mis vos gens en fureur.
   Tous ceux qui verront ceste piece
Et qui entendront la detresse
Du pauure Prince de Piedmont,
Du bon du cœur ie les supplie
Vouloir excuser la folie
Que i'ay faict au grand des Bourbons.
   En fin ie prie le Roy de France
Auec tres grande repentance,
Me donner du contentement
Ie prieray Dieu d'vne ame bonne
Qu'il luy conserue sa Couronne,
Et qu'il viue eternellement.
      Ainsi soit-il.   FIN.

35